El ocupadísimo año de los castores

por Mary Holland

¿Sabías que los castores son mamíferos como tú? Ellos tienen pelaje, las madres producen leche materna para sus crías, y la mayoría dan a luz a crías vivas.

Los castores son un tipo especial de mamíferos llamados roedores. Los ratones, las ardillas listadas, las ardillas, las marmotas y los puercoespines también son roedores. Todos tienen cuatro grandes dientes frontales llamados incisivos que nunca dejan de crecer. ¿Puedes ver los incisivos en el cráneo de arriba?

Los castores utilizan sus incisivos para talar árboles, cortarlos en pedazos y para comerse la corteza. Esto les ayuda a evitar que sus incisivos crezcan mucho.

Ellos hacen la mayoría de este trabajo durante la noche mientras estás durmiendo y duermen durante el día.

Los castores son buenos para reciclar. Mastican y se comen la corteza de los palos. Luego, los usan para construir presas a lo largo de un arroyo. Las presas detienen el derrame de agua y convierten el arroyo en un estanque.

Los castores usan más palos para construir una casa llamada madriguera. Ellos apilan los palos y lodo en el fondo del estanque y la pila es tan grande que sobresale del agua.

Después, los castores hacen un cuarto dentro del montón de palos que está por encima del agua y está seco. Aquí es donde ellos viven.

Generalmente, la madriguera tiene más de una puerta o entrada. Las puertas de las madrigueras de los castores están bajo el agua así que, muchos de sus enemigos, como los coyotes y los lobos, no los pueden atrapar.

Los castores pasan mucho tiempo en el agua. Además de tener un pelaje espeso que los mantiene calientes, tienen válvulas en sus oídos y narices, las cuales, se cierran cuando están debajo del agua.

Los castores tienen un tercer párpado transparente que actúa como unas gafas para nadar cuando los castores están bajo el agua.

Los castores se guian con su cola cuando están nadando y reman con sus patas traseras que están palmeadas.

En el otoño, los castores se preparan para el invierno. Están muy ocupados añadiendo palos y lodo a la presa y a la madriguera.

También, están recolectando provisiones de comida. Los castores derriban árboles y hacen una pila con las ramas del estanque cercanas a su madriguera, las que se comerán cuando el estanque esté congelado.

Los castores pasan mucho tiempo durante el invierno en su madriguera obscura. Algunas veces, hasta puede haber diez o más castores viviendo en una madriguera.

Una vez que se forma hielo en el estanque, los castores no pueden ir a tierra firme para cortar más árboles. Nadan a su pila de comida debajo del hielo y se llevan unas ramas a la madriguera para comérselas.

Cuando el clima comienza a calentarse y el hielo se derrite, los castores utilizan sus cabezas para romper el hielo y salir. Finalmente, pueden ver el sol y comer la corteza una vez más.

Al llegar la primavera, la madre castor da a luz de dos a cuatro bebés castores. Más tarde, en el verano, los bebés salen de la madriguera con sus padres.

Las crías viven con sus padres hasta que tienen dos años. Más tarde, dejan la madriguera para encontrar un compañero y un arroyo que pueden convertir en su propio estanque.

Cuando el verano llega, hay muchas plantas verdes para que los castores se las coman. Trabajan en su madriguera y en su presa toda la primavera y el otoño, así que no tienen mucho trabajo que hacer durante el verano.

Cuando los castores no están comiendo o nadando, a menudo están aseándose a sí mismos y entre ellos.

Generalmente, se asean con sus patas. Las dos uñas interiores de las patas traseras de los castores están separadas. Ellos utilizan estas uñas para peinar su pelaje enmarañado y para frotarle aceite para hacerlo más resistente al agua. A veces, usan estas uñas para quitarse astillas entre sus dientes.

Cuando el otoño llegue de nuevo, los castores regresan de lleno a su trabajo con el fin de prepararse para el invierno.

Para las mentes creativas

Las señales de los castores

El que tú no veas a los castores no significa que no están ahí. Los castores viven cerca del agua tanto en las ciudades como en el campo, pero duermen durante el día (nocturnos). Aunque tú no veas a los castores, puedes ver señales que los castores están cerca. Relaciona las descripciones de las señales de los castores (en negrita) con las imágenes (por número).

La familia del castor construye su casa, llamada **madriguera**, apilando palos en el fondo del estanque. Algunas veces, los castores construyen su madriguera en las orillas del estanque y no en la mitad de él. Si ves una pila de palos en o a las orillas de un estanque, probablemente estás viendo una madriguera de castor. Si los palos están bloqueando el flujo del agua y conviertiéndo el arroyo en un estanque, eso es una presa de castor.

¿Alguna vez has dejado una mordida marcada en algo? Cuando los castores se comen la corteza de un árbol, voltean la cabeza de lado y la cortan poniendo sus cuatro dientes (mordiendo). Cada diente deja una **marca incisiva** en la madera.

Cuando los castores viven por primera vez en un estanque, cortan los árboles cercanos a su madriguera y la presa. Eventualmente, tendrán que ir más lejos y más lejos para encontrar árboles. Los castores están más seguros en el agua que en tierra firme, porque pueden nadar mucho más rápido de lo que pueden correr. Ellos pueden cavar zanjas o **canales** que llenarán con agua. Después, los castores pueden nadar hacia los árboles más lejanos y traerlos flotando hacia su madriguera. Si ves zanjas o canales que van del estanque a la pradera o los bosques cercanos, probablemente estás viendo el canal de un castor.

Los castores son territoriales. Como los perros y muchos otros animales, ellos marcan el área de su casa con olores. Los castores construyen pilas de lodo y hojas a un lado del estanque. Después, esparcen en la pila un aceite líquido y muy oloroso llamado castóreo. Estas pilas son llamados **montículos de olor**. Hay muchos "mensajes" que los olores pueden dar a otros castores, como "no te acerques" o "se busca novia".

Respuestas: 1- montículos de olor, 2- canal, 3- madriguera, 4-marcas de incisivos

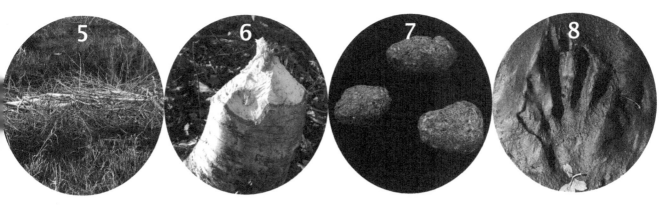

¿Alguna vez has dejado tus pisadas (huellas) en una alfombra limpia o en la tierra? Las huellas de los castores son del mismo tamaño que sus patas, así que, las huellas que hacen con sus patas delanteras son pequeñas y las huellas que hacen con sus patas palmeadas son grandes. Mientras algunas huellas son muy claras otras pueden ser borradas cuando arrastran sus colas o cuando arrastran la madera. Puedes encontrar las huellas de castores en el lodo a la orilla de un estanque de castores. Algunas veces, podrías incluso encontrar las huellas en la nieve.

Si los castores están viviendo en un estanque, habrá muchos árboles que serán cortados para alimento y para construir una presa y una madriguera. También, habrá muchos pedacitos de madera en el suelo junto a estos árboles. Los castores roen la madera de los troncos de los árboles para derribarlos. Cuando un castor derriba un árbol con sus incisivos hace una punta picuda en el tronco del árbol.

Los castores mantienen su madriguera muy limpia y solamente van al baño en el agua, por lo que no verás sus desechos o su excremento muy frecuentemente. Búscalo en el agua cerca de la presa donde pasan mucho tiempo. El excremento de los castores es casi tan largo como tu dedo meñique y está hecho de pequeños pedacitos de madera que parecen acerrín.

Antes que el hielo se forme en el estanque, los castores cortan ramas y las ponen en su pila de comida en el fondo del mismo, cerca de su madriguera. Cuando el estanque está congelado y no pueden dejarlo para ir por comida, ellos nadan hacia la pila de ramas para tener comida para comer. Después, llevan una rama o un pedazo de madera a la madriguera, se lo comen y luego, tiran las sobras en el estanque.

Más señales de castores:

| la orilla de la madriguera | las sobras de comida flotantes | la madera mordida | la presa de castor |

Los castores como ingenieros de hábitats

La madriguera de castor en el estanque   una madriguera de castor abandonada

Además de los humanos, no hay otras criaturas que cambien sus alrededores tanto como los castores. Ellos cambian pequeños arroyos en estanques, y al hacerlo, convierten bosques en espacios abiertos, creando un hábitat para peces, pájaros y muchos otros animales.

Primero, ellos deben escoger un arroyo de tamaño adecuado—no muy pequeño y no muy grande.

Después, construyen una presa lo suficientemente fuerte para detener el flujo del agua en el arroyo para subir el nivel del agua. Palos, ramas, troncos, piedras, lodo y plantas son utilizados para construir la presa. La forma y el tamaño de la presa dependen del lugar en el que se construya. El lado de la contracorriente de la presa es generalmente mucho más largo que el lado de la corriente, lo que lo hace muy fuerte. Las presas que bloquean arroyos grandes son muchas veces curvos porque eso le añade resistencia a la presa.

Después, los castores construyen una madriguera en la orilla o en la midad del estanque donde vivirán. Los castores dependen del agua alrededor de las madrigueras para protegerlos de sus enemigos (depredadores) como los coyotes y los lobos. Las puertas de las madrigueras están bajo el agua porque la mayoría de sus enemigos no nadan. Los castores tienen varias puertas bajo el agua para entrar y salir de la madriguera y así, poder escapar fácilmente del peligro si es necesario.

Los castores siempre están revisando el nivel del agua de su estanque. Algo de agua aún fluye a través de la presa, pero es muy importante que las entradas a la madriguera de los castores estén bajo el agua. Esto evita que los depredadores puedan alcanzar a los castores cuando ellos están dentro de la madriguera. Si el agua baja mucho porque el dique tiene una fuga, los castores rápidamenente repararán la presa.

Después de muchos años, cuando los castores han comido toda la comida cercana al estanque, ellos buscarán otro arroyo para poner una presa donde haya más comida. Sin los castores, y sin nadie que la cuide, la presa se debilita y no puede contener el agua del arroyo. Finalmente, la presa se rompe. El arroyo se drena y se convierte en un pantano, después en ciénega y finalmente, en una pradera con un arroyo corriendo a través de ella. Con el tiempo, arbustos y árboles pueden volver a crecer donde alguna vez estuvo el estanque, creando un bosque nuevo.

Construcción de una presa

Las madrigueras de los castores necesitan estar rodeadas de agua profunda para mantener alejados a los depredadores. Ellos no van a la ferretería local para comprar lo que necesitan. Ellos tienen que encontrar esas cosas en el área que rodea el lugar donde construyen.

Si necesitan ramas, necesitan cortar los árboles y después cortar las ramas. Ellos no tienen sierras para cortar la madera por lo que usan sus largos dientes incisivos.

Si necesitan lodo, ellos tiene que encontrarlo y escarbarlo. Los castores no tienen palas, por lo que usan sus patas delanteras, que parecen manos, y sus uñas como clavos para ayudarse a escarbar.

También, recogen otras cosas en su hábitat para usar en la presa. Estas otras cosas pueden ser plantas e incluso la basura que dejan los humanos. Con suerte, la basura no los lastimará.

Después de encontrar cosas para usar en la presa, ellos tienen que llevarlas al lugar donde la están construyendo. Ellos pueden llevar cosas en sus dientes y en sus patas delanteras—¡hasta cuando están nadando!

Una vez que tienen todas las piezas en el lugar donde construyen la presa, ellos todavía tienen que apilarlas para que se mantengan juntas aún cuando los esté empujando.

Incluso, después de que la presa está construída, los castores trabajan mucho para mantenerla en buen estado—hasta que sea hora de irse del área y construir un nuevo estanque de castores en otro lado.

¿Cuál de estas cosas crees que los castores podrían usar para construir una presa?

Respuesta: Todas las cosas: palos, boyas, lodo, piedras y bulbos de lirio acuático.

Especie Clave: El estanque de castores y la vida salvaje

Algunas personas pueden pensar que los castores son una plaga, porque los castores pueden cortar los árboles e incluso convertir tu patio posterior en un estanque de castores. Los científicos que estudian a los castores nos han demostrado que, los castores son una especie "clave". Esto significa que muchos otros animales y plantas dependen de los estanques de castores y los humedales. Cuando los castores se van para construir un nuevo estanque, también algunas de las otras criaturas vivientes pueden desaparecer por completo del área.

¿Cuál de estos animales crees que podría depender de los estanques de los castores o de los humedales para satisfacer todas o algunas de sus necesidades?

Respuesta: Todos estos animales viven en o alrededor del hábitat de los castores. Comenzando por la parte superior izquierda, los animales son: la salamandra del Este, el pato joyuyo, las tortugas pintadas, el alce americano, la rana verde, el torío alirojo, la nutria de río, la garcita verde, la tortuga mordedora, el venado de cola blanca, el mapache, la libélula y la garza azulada.

Las colas de los castores

Los castores pueden ser identificados fácilmente por sus colas largas y aplanadas. Las colas de los castores son planas y están cubiertas con escamas.

Los castores golpean sus colas en el agua para advertir del peligro a otros castores.

Ellos también almacenan grasa en sus colas durante el invierno, lo que les ayuda a sobrevivir. Cuando hace calor en el verano, las colas liberan calor, lo que ayuda a los castores a permanecer frescos.

Ellos usan sus colas para balancearse cuando se sientan, como en el soporte en una bicicleta.

Por último, los castores usan sus colas como timones para guiarse cuando nadan.

Para más información sobre las adaptaciones de los castores, visita las actividades gratuitas en línea en ArbordalePublishing.com. Dale clic a la portada para regresar a la página principal.

Este libro no podría haber existido sin la generosidad, paciencia y devoción de Kay Shumway, una "comunicadora con los castores"—si es que existe una.—MH

Gracias a Chiho Kaneko por el uso de su ilustración de la madriguera de castor.
Gracias a Amy Yeakel, Directora del Programa de Educación, y a Dave Erler, Naturalista Senior, en *Squam Lakes Natural Science Center* por la verificación de la veracidad en la información en este libro.

Library of Congress Cataloging-in-Publication Data

Holland, Mary, 1946- author.
 [Beavers' busy year. Spanish]
 El ocupadísimo año de los castores / Mary Holland.
     pages cm
  Audience: 4-8.
  Audience: Grade K to 3.
  ISBN 978-1-62855-222-5 (Spanish pbk.) -- ISBN 978-1-62855-240-9 (Spanish downloadable ebook) -- ISBN 978-1-62855-258-4 (Spanish interactive ebook) -- ISBN 978-1-62855-204-1 (English hardcover) -- ISBN 978-1-62855-213-3 (English pbk.) -- ISBN 978-1-62855-231-7 (English downloadable ebook) -- ISBN 978-1-62855-249-2 (English interactive ebook)
  1. Beavers--Juvenile literature. 2. Beavers--Habitations--Juvenile literature. I. Title.
  QL737.R632H6518 2014
  599.37--dc23
                          2013036384

Elaborado en los EE.UU.
Este producto se ajusta al CPSIA 2008

Arbordale Publishing
anteriormente Sylvan Dell Publishing
Mt. Pleasant, SC 29464
www.ArbordalePublishing.com